은빛 호각

은빛 호각

이 시 영 시 집

창비

차 례

제1부

제2부

제1부

왕십리

왕십리 하면 야간수업을 일찍 마치고 나와 왕소금을 뿌려가며 구워먹던 좁은 시장통의 그 대창집이 생각난다. 그리고 시간에 쫓기면서 심야의 아스팔트길을 가르며 나아가던 심선생의 날렵한 오토바이도. 그는 단축수업을 너무도 좋아하는 Y고의 2부 주임. 4교시가 끝나갈 무렵이면 수업시간표가 빼곡한 칠판 앞에서 고개를 갸웃거리다가 이내 백묵을 들고 교감선생에게 달려가 단축수업을 건의하던 그의 그 생글거리던 소년 같은 얼굴이 떠오른다.

왕십리 하면 또 어둑한 교무실을 밝혀주던 따뜻한 배선생이 생각난다. 늘 남의 숙제를 대신 해줄 것 같은, 웃을 때면 콧잔등에 잔주름이 많이 접히던 여자. 무슨 일인가로 면목동에 갔다가 허름한 여관에 들어 새우처럼 서로의 등을 오그리고 자던 통금의 밤이 생각난다. 이튿날 함께 결근을 하고 대낮의 긴 골목길을 걸었던가. 아, 또 생각난다. 수학 이선생, 체육 오선생이랑 여럿이서 알 수 없는 열기에 들떠 달려갔던 남이섬의 겨울밤들. 얼어붙은 겨울 강에서 얼음을 지치면서 우리는 늑대처럼 울부 짖었지.

왕십리. 어딘가에서 버림받고 왔다는 느낌 때문에 마음보다 먼저 이마가 달아오르던 시절의 우리들의 거처. 밤새도록 헤매이고 이튿날 아무 일도 없었던 것처럼 수업에 들어가곤 했지만 늘 벌판에 홀로 서 있는 것 같은 막막함 있지? 그러나 그때 우리 나이는 겨우 스물넷. 바람 부는 벌판으로부터 어서 떠나고 싶은.

일만이 형

　서울역 앞에 아직 대우빌딩이 없을 때 일만이 형 용만이형은 양동여관에 터를 잡고 이불장사를 하고 일만이는 재수를 했다. 양동여관이 어떤 곳이냐면 밤이면 아가씨들이 몰래 몸장사를 하고 낮이면 전국에서 모여든 도부꾼들이 붕어 같은 눈들을 뜨고 깜빡깜빡 잠드는 곳이었다. 그 좁은 복도에 옥상에 다우다 이불들을 산처럼 쌓아놓고 일만이 형은 사람좋은 미소를 흘리며 선들바람처럼 이리 왔다 저리 갔다 했는데 신기한 것은 자정이 넘으면 어제의 이불들이 모두 사라지고 새 이불들이 또 복도를 가득 채운다는 것이었다. 당시의 서울역에서 완행열차 타기는 하늘의 별따기처럼 어려웠는데 공안들이 개찰구에서 장대를 들고 경계 밖으로 밀려난 사람들을 후려치던 시절이었다. 그리고 막상 개찰을 했다 하면 총알처럼 뛰쳐나가 구름다리로 계단으로 마구 몰려가던 사람들. 나는 일만이 형의 도부꾼들이 건장하기는 했지만 그 많은 짐들을 지고 어떻게 열차들을 타는지가 궁금해서 하루는 그들 중의 하나에게 물어보았더니 어깨를 으쓱거리면서 말했다. "바람처럼, 비호처럼 탄다"고. 하여튼 일만이 형의 다우다 이불장사는 들녘의 선들바람처럼 대풍이었다. 좀 과장해서 말한다면 이 나라 농촌의 모든 무명 솜이불이 그 당시 일만이 형의 다우다 이불로 교체되었다고 할 만하다. 그러나 일만이의 재수 생활은 영 말이 아니었다. 그럴 때면 나를 불러 후암동 좋은 식당에 데려가 함께 맛있는 음식을 사주면서 지극한 정성으로 동생을 위로하던 일만이 형의 그 선량하던 웃음을 잊을 수가 없다.

탄생

　알집을 열고 나오자마자 가시고기는 제 애비의 시신을
파먹고 바다로 나아간다. 과거를 기억하지 못하는 저 가
시고기떼의 늠름한 입이여!

6·15 금강산대회

원산에서 온 아줌마는 음악만 나오면 내 손을 잡고 나가 춤을 추자고 했다. 얼굴이 까무잡잡할뿐더러 손에는 꼭 틀어쥔 하얀 행커칩, 모자를 눌러쓰고는 있지만 간혹 기쁨이 가득한 눈망울로 자신은 동해 푸른 바다를 가르며 사는 해녀라 했다.

레퀴엠

1980년 여름이었다. 계엄 검열을 받기 위해 잡지 대장 (臺帳)을 들고 시청 안 너른 중앙홀로 가면 거기 느닷없이 울려퍼지던 피아노 연주곡. 격무에 지친 검열단장이 둔 중한 어깨로 내리치는 브람스의 긴 레퀴엠이었다.

역사의 눈

10·26 직후인 1979년 11월 24일 명동 YWCA 대강당. 가짜신랑 홍성엽 군의 입장이 끝나고 결혼식으로 위장한 계엄철폐 및 통일주체국민회의 대통령 선출을 반대하는 국민 집회가 막 시작되려고 할 때였다. 기다리고 있었다는 듯이 무대 양쪽에서 수백명의 날렵한 쥐색 잠바들이 뛰어들어 일부는 단상을 점거하고 또 일부는 대회장을 덮쳤다. 여기저기서 의자가 날고 여자들의 비명이 들리고 유리창이 깨지고 곤봉에 피가 튀었다. 바로 그때였다. 한 훤칠한 신사가 무어라고 짧게 소리지른 뒤 안경을 벗어 안주머니에 넣더니 냉정한 눈으로 아수라장을 한번 돌아보고는 큰키로 성큼성큼 출구 쪽을 향해 걸었다. 그 걸음이 어찌나 당당하고 침착하던지 출구를 봉쇄하고 있던 쥐색 잠바들이 얼떨결에 그 앞에서 길을 터주어 우리 모두가 밖으로 빠져나올 수 있었다. 지금 와서 그 신사의 이름을 군이 거명하진 않겠으나 어떤 위급한 상황에서도 사태를 차분히 장악하고 움직여가던 그 조용하던 눈빛을 잊을 수가 없다.

최명희 씨를 생각함

최명희 씨를 생각하면 작가의 어떤 근원적인 고독감 같은 것이 느껴진다. 1993년 여름이었을 것이다. 중국 연길 서시장을 구경하고 있다가 중국인 옷으로 변장하고 커다란 취재노트를 든 최명희 씨를 우연히 만났다. 『혼불』의 주인공의 행로를 따라 이제 막 거기까지 왔는데 며칠 후엔 심양으로 들어갈 것이라고 했다. 그리고 웃으면서 연길 사람들이 한국인이라고 너무 바가지를 씌우는 바람에 그런 옷을 입었노라고 했다. 그날 저녁 김학철 선생 댁엘 들르기로 되어 있어 같이 갔는데 깐깐한 선생께서 모르는 사람을 데려왔다고 어찌나 퉁박을 주던지 민망해한 적이 있다. 그후 서울에서 한번 더 만났다. 한길사가 있던 신사동 어느 까페였는데 고정희와 함께 셋이서 이슥토록 맥주를 마신 것 같다. 밤이 늦어 방향이 같은 그와 함께 택시를 탔을 때였다. 도곡동 아파트가 가까워지자 그가 갑자기 내 손을 잡고 울먹였다. "이형, 요즈음 내가 한달에 얼마로 사는지 알아? 삼만원이야, 삼만원…… 동생들이 도와주겠다고 하는데 모두 거절했어.

내가 얼마나 힘든지 알어?” 고향 친구랍시고 겨우 내 손을 잡고 통곡하는 그를 달래느라 나는 그날 치른 학생들의 기말고사 시험지를 몽땅 잃어버렸다. 그리고 그날 밤 홀로 돌아오면서 생각했다. 그가 얼마나 하기 힘든 얘기를 내게 했는지를. 그러자 그만 내 가슴도 마구 미어지기 시작했다. 나는 속으로 가만히 생각했다. 『혼불』은 말하자면 그 하기 힘든 얘기의 긴 부분일 것이라고.

조국

작년 이맘때였다. 용변 보러 금강산려관에 들어갔다가
만난 겹으로 곱게 접은 마분지 휴지 다섯장. 밤새도록 내
누이가 무릎 꿇고 접었을 것이다. 아, 가난한 나의 조국!

강회(江淮)의 우정

삼국지 권(卷) 10에 보면 오의 진동장군 육항(陸抗)과 진의 도독 양호(羊祜)가 각기 강구(江口)와 양양(襄陽)에 주둔하면서 적으로서 서로를 넘보면서도 깊은 신뢰로 덕을 나누는 아름다운 장면들이 나온다.

하루는 사냥을 나갔다가 두 장군이 마주쳤으나 엄중히 상대의 경계를 넘지 않았으며 저물어 군중에 돌아와서는 잡은 짐승들 중 오의 화살을 먼저 맞은 것들을 양호가 모두 오군에 돌려보냈다. 이에 대한 답례로 육항은 친히 담가 마시던 좋은 술을 사자에게 보내면서 말했다. "양호가 먼저 내게 덕을 베풀었는데 내 어찌 갚지 않을 수 있겠는가?" 양호는 기쁜 마음으로 술을 받아 마시면서 말했다. "그 또한 내가 술 마시는 것을 알고 있더란 말이지?" 이때부터 양호와 육항은 사람을 보내 안부를 묻고 지냈는데 어느날 양호가 물었다. "육장군께서도 안녕하신가?" 온 사람이 대답했다. "우리 장군께서는 며칠째 병환으로 누워 출입을 못하십니다." 양호가 말했다. "장군의 병은

나와 같을 것이다. 내 이미 약을 지어놓았으니 갖다가 드시도록 해라." 여러 장수들이 의심하여 약을 들지 말라고 했으나 육항은 이에 대해 털끝만한 의심도 없었다. "어찌 양숙자(羊叔子)가 사람을 독살하겠는가?" 양호가 보내준 약을 먹고 육항의 병이 나았다. 장수들이 절을 올리며 축하하자 육항이 말했다. "저쪽에서 오로지 덕으로써 대하는데 나는 오로지 폭력으로써만 대해서야 되겠느냐? 지금은 마땅히 각자의 경계를 지켜야 할 뿐, 작은 이익을 구하려 해서는 안된다."

그러나 얼마 후 오주는 사자를 보내 육항의 병권을 몰수하고 사마(司馬)로 그 벼슬을 내렸으며 좌장군 손익(孫翼)에게 대신 군사를 통솔하게 했다. 신하들 중 아무도 간하지 못했다고 한다. 양호도 그후 벼슬을 내놓고 고향에 돌아가 죽었다. 남주(南州, 형주) 백성들은 양호가 죽었다는 소식을 듣고 가게문을 닫고 울었다. 그리고 그가 즐겨 놀던 현산(峴山)에 사당을 짓고 비를 세웠는데 오가는 사람들이 모두 그 비문을 읽고 눈물을 흘렸다고 한다.*

* 나관중 지음, 황석영 옮김 『삼국지 10』 (창작과비평사 2003) 218~25면 참조.

골짜기

"시웅이 갸가 요지음 놀고 있는갑습디다요……"
"어찌 그까 이……"
"………"
"………"

어느 초라한 무덤가에 빈 소주병 하나
그리고 빗물에 방금 씻긴 듯한 깨끗한 종이컵 하나

마을의 아침

경기초등학교 스쿨버스가 두더지처럼 겁 많은 두 눈을 두리번거리며 비탈길을 헤집고 내려가면 계성유치원 노오란 스쿨버스가 신나게 지저귀면서 비탈길을 구르며 올라오고 계성유치원 스쿨버스가 다람쥐처럼 조르르 비탈길을 달려내려가면 한화수영장 날렵한 미니버스가 머리에 물방울을 튀기며 비탈길을 솟구쳐올라오고 한화수영장 미니버스가 미끄러지듯 단숨에 햇살 속으로 사라지고 나면 이번엔 옆구리에 '독거노인 임시보호소'라 씌인, 입구가 구름처럼 컴컴한 승합차가 실은 치매노인들을 실어가기 위해 비탈길을 힘겨웁게 올라오느라 붕붕거리는 소리 요란타. 그리고 새소리 뒤에 마을은 잠시 조용하다.

잠실시영아파트

잠실시영아파트가 재건축으로 곧 헐린다고 한다. 베란다에 저보다 큰 장독대들을 이고 장장 삼십년을 버텨온 13평짜리 공중 시멘트 집. 언제 한번 지나면서 보니 빈민굴도 그런 빈민굴이 없었는데 싯가가 3억 7천이라고 해서 놀란 적이 있다. 77년 겨울, 시골에 계신 어머님을 모시고 와 첫 살림을 차렸던 곳. 이사한 첫날 생애 처음으로 마련한 내 집에 연탄을 한 백장쯤 들여놓고 내리던 함박눈을 펑펑 맞던 생각이 난다. 길 모퉁이에 쌀집과 연탄집을 겸한 금촌상회가 있어 쉽게 동 호수를 찾을 수 있었던 곳. 그러나 늘 좋은 일만 있었던 것은 아니다. 하루는 퇴근해서 돌아와보니 바로 앞동에서 남민전 사건이 터져 김남주 시인이 그의 동지들과 함께 달려갔다는 소식을 들었다. 목욕탕에 가면 멀찍이서 혼자 머리를 감다가 넓은 등을 보이며 사라지던 사람, 황혼녘이면 휘파람을 날리면서 곁을 스쳐가던 이가 그라는 것은 훨씬 나중에야 알았다. 그리고 79년 10월 27일 아침, 출근길의 아파트 단지에 검은 까마귀떼처럼 펄럭이며 내려앉던 하얀 신문

호외들 '대통령 유고'. 그 다음은 숨가쁜 사건들의 연속이어서 일일이 다 기억의 필름을 인화할 수 없다. 5월 16일 저녁 회의를 마치고 돌아오다 본, 잠실체육관으로 포신을 세우고 집결하던 탱크부대며 이튿날 새벽 '비상계엄 전국확대'라고 박힌 일간스포츠를 방바닥에 던지며 황급히 들이닥치던 송기원의 상기된 얼굴 하며…… 내가 그곳을 언제 떠나왔는지는 정확히 기억에 없다. 지금도 금촌상회를 돌아가면 썬글라스를 낀 서너명의 촌스런 형사들이 송기원을 잡겠다고 서성거릴 것만 같은 곳, 한 낯익은 장발의 사내가 급히 성내역 쪽으로 뛰어가다 돌아서서 "촌놈들!" 어쩌구 하면서 중얼거릴 것만 같은 곳, 아니 밤이면 모랫벌을 휩쓸고 가는 바람소리가 무섭던 곳, 그러나 아침이면 고웁게 쌓인 눈밭 위로 바지런한 사람들의 발자국이 선명하게 찍힌 곳, 그리고 간혹 어두운 하늘로 신성한 새가 날아오르기도 하는 잠실4동 시영아파트.

짧은 이별의 순간

　남산 안기부 대공수사실에서 십육일을 갇혀 지내다가 구속영장이 떨어져 서울구치소로 막 넘어가는 날 아침이었다. 드넓은 지하 조사실의 군용 담요와 철제 침대를 개키면서 젊은 수사관이 말했다. "이형, 그동안 이형하고 정 많이 들었어. 구치소에 가서 잘 지내야 해!" 그렇지 않아도 사복으로 갈아입고 나서 콧잔등이 잠시 시큰해지려고 하는데 그가 재빨리 다가와서 내 두 손목을 꽉 움켜쥠과 동시에 허리에서 아주 능숙한 솜씨로 벨기에제 수갑을 꺼내 철커덕 하고 채웠다. 은빛 소리 나는 짧은 이별의 순간이었다.

물맞이

반내골로 물 맞으러 갔다가 보았다. 우리 어머니들의 육덕이 얼마나 좋은지를. 까마득한 벼랑에서 곤추선 성난 물줄기들이 쏟아져내리는데 그 아래 새하얀 젖가슴과 그리메 같은 엉덩이를 환히 드러낸 어머니들이 "어 씨언타! 어 씨언타!"를 연발하며 등줄기로 거대한 물좆 같은 벼락을 맞는데 하늘벼랑의 어딘가에선 정말로 "우히히! 우히히!" 하는 말 울음소리 같기도 한 사내들의 웃음소리가 끊이지 않고 들려왔다. 그러거나 말거나 어머니들은 국솥 걸고 밥 끓이며 자연 속에서 아무런 부끄럼도 없이 하루를 잘 놀다가 왔는데 이튿날 아침 일어나보니 아프던 내 다리도 멀쩡해졌을 뿐만 아니라 밭일을 나가는 어머니들의 다리는 더욱 가뿐하여 대지를 핑핑 날아다녔다.

섬뜸

섬진강변의 거대한 삼각주가 어린 소몰이꾼들의 차지였을 때 수만평의 드넓은 초원은 소들의 천국이었고 은모래 아름다운 사구(砂丘)는 우리들의 놀이터였다. 소나기라도 퍼붓는 날이면 우리는 모래언덕에 옷들을 파묻어 놓고 강물 속에 뛰어들곤 하였는데 은어가 작은 입을 옴짓거리며 거슬러오르는 강물 속은 의외로 조용하여 딴세상 같았다. 땡볕에 등을 덴 어린 쇠아치들이 우리처럼 간혹 강을 헤엄쳐 건너가 건너편 수박밭 주인에게 이리저리 쫓기며 혼쭐이 나기도 했지만 석양녘이면 늘 어미 곁으로 돌아와 다소곳하였다. 밭일을 마친 홰내 일꾼들이 주먹으로 수박을 깨뜨려 먹으며 알통을 드러내고 더운 몸을 닦던 곳, 그리고 밤이면 상류에서 씻기며 흘러온 세 모래들이 세상에서 가장 아름다운 물결무늬 언덕을 만들며 또 낳던 곳.

1967년 겨울

제기3동 정릉천변에 첫 하숙을 잡은 것이 67년 겨울이었다. 하숙비가 한달에 칠천원인가 팔천원이었을 것이다. 저녁을 먹고 천변에 나가면 건너편 성동역 뒤, 김지하의 시 「비어」에 나오는 안도(安道)가 마지막으로 숨어들었을 것 같은 마을, 판자촌 쪽방들의 불빛이 자욱했다. 그리고 그 돼지우리 같은 골목에 싸락눈처럼 흩어져 나어린 누이들이 몸을 팔았다. 구례구역이나 순천역, 금지역이나 주생역에서 갓 올라온 듯한 얼굴들이.

푸른 제복

양지다방에서 내려다보면 구례읍 로터리의 교통순경은 늘 그 사람이었다. 푸른색 상의에 남색 바지, 가슴과 등에 X자로 흘러내리는 흰색 벨트를 메고 챙이 짧은 경찰모에 어깨에 잎사귀 견장을 붙인 그가 원통형의 교통지휘대에 올라서서 멋진 수신호와 함께 다람쥐처럼 은빛 호각을 불어제끼면 구례읍으로 들어오는 모든 차들은 일단 멈춤을 했다가 그의 손길이 머무는 곳으로 움직였다. 하루에 대여섯 차례씩 들락거리는 광주발 부산행 시외버스나 순천발 남원행 완행버스가 전부이긴 했으나 아침 햇살을 등에 받으며 로터리를 지나 읍내 중학교로 등교할 때마다 우리는 고동색 경찰서 정문을 배경으로 들려오는 그의 간단없는 호각소리에 깜짝깜짝 놀라며 걸음을 빨리 하곤 하였으니, 키가 작달막하고 박정희처럼 뒤꼭지가 툭 튀어나온 그가 거기 서 있다는 것만으로도 장날의 우마차꾼들이나 지게꾼들에겐 큰 위협이었을 것이다. 하루는 어느 나무꾼이 마른 장작짐을 지고 북문 쪽으로 길을 건너다 호각소리에 혼비백산하는 것을 보았고 송아지를 달고 나온 농부의 착한 소가 놀라서 아스팔트 위에 푸른 똥을 싸는 것을 보았다. 그러거나 말거나 그는 모든 질주하는 것들의 안내자이자 길의 활달한 통제사. 로터리의 한쪽은 군청과 병원이고 다른 쪽은 학교였는데 어쩌다 하교길에 교통 지휘대에 선 그가 안 보이면 읍내 거리가 일시에 통제기능을 잃고 비틀거리는 것처럼 보였다. 20년 뒤 정년퇴직할 때까지 그는 그렇게 오랫동안 구례읍의 푸른 근대의 상징이자 뒤꼭지가 툭 튀어나온 권력의 작은 집행자. 그의 호각소리가 등뒤에서 들리지 않는 날이면 사나운 개들도 무척 심심해하였다.

새벽

　문경 봉암사 여름 숲을 태풍 루사가 강력히 훑고 지나
간 뒤에 요사채 안마당으로 어린 떡두꺼비 한마리가 엉
금엉금 기어들고 있었습니다. 밥 짓다 말고 역시 나어린
공양주 스님이 나아가 맞이했더니 어미인 양 따뜻한 스
님 팔에 척 안기는 것이었습니다.

김사인의 흰고무신

그날 밤은 모든 것이 예정된 것처럼 보였다. 폭우 속을 뚫고 김사인이가 왔었고 흰고무신을 신고 있었고 새로 막 시작된 술자리가 새벽으로 이어지고 있을 때였다. 천둥소리 속에 밖에서 누가 희미하게 나무문 두드리는 소리가 들려왔다. 놀란 설연이가 귀를 쫑긋 세우고 달려가 문을 열었더니 송기원과 나의 처가 거센 빗줄기 속에서 기세등등 들이닥치고 있었다. "복희년 나오라고 그래!" 바로 그때였다. 나와 송 사이에서 묵묵히 고개를 떨구고 있던 사인이가 갑자기 일어나 문밖으로 내빼는데 흰고무신 신은 발이 비호처럼 빨랐다. 그리고 빗속을 번개처럼 가르며 사라졌다. 복희씨가 졸린 눈을 뜨기도 전에, 송과 나의 처가 시퍼렇게 걷어붙인 팔을 풀기도 전에 일어난 아주 순식간의 일이었다.

홍대댁

이 골목에 사는 여인들은 물동이들을 아주 잘 이었는데요. 아침이면 팽하니 아랫샘까지 내려가 머리에 찰랑찰랑 물동이들을 이고 돌아오는 모습이 보기에 참 좋았습니다. 그 중에서도 길태 어머니는 두 손을 하나도 안 쓰고도 물동이를 이고 십리를 가라면 이십리를 더 갈 사람이었는데요. 누군가 골목에서 "홍대떡!" 하고 부르면 이마에 물 한방울 흘리지 않은 채 "왜 그려?" 하고 돌아보며 한나절도 더 서서 얘기할 수 있었습니다. 동네에서 그 집 부엌이 제일 정갈하여 홍대댁이 그 물로 반지르한 무쇠솥을 한번 가시고 퍼낸 밥맛이 일품이라는……

어느 아침

대홍사 아기스님 둘이서 키를 쓰고 아랫마을로 소금 얻으러 갔다가 어느 호랑이 할매에게 붙잡혀 "네 이놈들 다시 한번 이불에 오줌을 쌌다가는 가위로 고추를 잘라 버리겠다."는 위협에 으앙 하고 울음을 터뜨리는 것이 TV 카메라에 잡히고 말았는데 얼마나 혼쭐이 났는지 새 새끼처럼 한껏 벌린 그들의 목젖이 아침 햇살에 발그레 하게 빛났습니다.

유쾌한 뉴스

　가슴에 흰 줄무늬가 있는 지리산 반달가슴곰 두 마리
가 어느새 자라 내 고향 뒷마을인 문수리까지 내려와 벌
통 사십개를 작살내고 사라졌다고 한다. 먼 남쪽에서 아
카시아꽃을 따라왔다가 하루아침에 벌농사를 망친 양봉
업자 최씨가 곰들의 배설물을 증거로 들고 나와 내 이놈
들을 가만두지 않겠다며 TV 속에서 마구 핏대를 올리는
데 글쎄 절도죄가 성립될지 모르겠다며 '뉴스 24'의 여
자 앵커가 고른 이를 드러내며 웃고 시청자들이 웃고 무
엇보다 발밑을 묵묵히 흘러가던 지리산 개울물이 큭큭
웃는다.

겨울밤

도봉산 지나 의정부 산골 마을에서 송(宋)과 함께 자취를 한 적이 있다. 건너편 방엔 삼양라면 다니는 처녀 다섯이 묵고 있었다. 야근을 마치고 돌아온 처녀들이 타월로 머리를 묶고 우물가에서 어푸어푸 세수할 때가 좋았는데 그들의 흰 목덜미가 아침 햇살에 눈 시리게 빛났다. 일요일이면 삼양동 사는 양금섭이가 클래식 기타를 들고 찾아와 우리 모두에게 알 수 없는 서양 노래들을 들려주곤 하였는데 노래보다는 평상 위에 곤로의 심지를 잔뜩 올리고 부쳐먹던 감자전 맛이 더 좋았다.

이가 고른 한 처녀는 경상도 산청에서, 또 누구는 인월에서 왔다고 하는데 웃을 때마다 보조개가 깊이 패이는 처녀는 가슴병을 앓고 있다고 했다. 고요해지면 의정부 가는 미 2사단 장갑차들이 아스팔트를 파며 굉음을 울리고 도봉산 유원지의 전봇대들이 깜짝깜짝 놀라며 키가 클 것 같은 밤, 이불 속에 각자의 고단한 다리를 넣고 치는 육백은 또 얼마나 재미있었던지 우리도 모르는 사이 동창이 환히 밝아오기도 했다.

1980년 여름 종로경찰서

신경림 구중서 조태일 시인이 계엄법 위반으로 종로경찰서에 잠시 구금되어 있을 때였다. 소식을 듣고 달려갔더니 세 사람이 나란히 면회실로 나오는데 표정들이 가관이었다. 조태일 시인은 허공에 연신 동그라미를 그리며 담배가 피고 싶다고 했고 신선생은 몇올 안되는 염소수염을 달고 서림이처럼 해해거렸고 구선생은 약간 삐딱한 옆모습으로 서서 아이처럼 초밥이 먹고 싶다고 했다. 초밥집을 찾아 인사동, 관훈동 일대를 헤맸으나 그것도 막상 찾으려고 보면 없는 법. 종로서 앞 육교를 벌써 세번째 오르며 김윤희 선생이 투덜거렸다. "아니 자기가 무슨 쟈니 브라더스야 뭐야? 이 한여름에 삐딱하게 서서 초밥 타령은?"

이틀을 더 머물다 그들은 서울구치소로 넘어갔는데 수갑이 모자라 세 사람을 한데 묶는 바람에 가운데에 낀 신선생이 그들의 큰 걸음을 따라잡느라 오리처럼 심하게 뒤뚱거렸다고 한다.

고양이 엄마

양평에 혼자 사는 소설가 김민숙 씨는 진돗개 두 마리 말고도 어쩌다 들고양이 아홉 마리를 기르게 되었다는데 요. 식사 시간만 되면 어디서 나타났는지 고 앙징스런 것들이 앞발로 톡톡 창유리를 두드리며 해사하게 웃는다고 음식상에 남은 생선뼈들을 거두며 말하는 것이었어요. 하루는 글쎄 그것들 중 한마리가 산책길에 나선 자기를 알아보곤 좋아라고 바짓가랑이를 물고 늘어지는 통에 동네에서 고양이 엄마라는 호사스런 별칭이 붙었다고, 그런데 요즈음 사료값이 너무 올라 걱정이라며……

미당이 구룡포 가서

　동해 쪽빛 바다에 봄 파도 밀려올 제 구룡포 바람받이 언덕에 쏴아쏴아 보리 물결 부서지는 것 일품이었다. 물회집 들창 너머로 이 광경을 이윽히 지켜보던 서정주 영감 왈 "내 이담에 필시 이곳에 와 집짓고 살 것인즉 땅 나면 꼭 알려주소." 하였겠다. 몇달 뒤 부지런히 들락거리며 땅 나기를 알아본 늙은 문학청년이 선생께 전화를 드렸다. "선생님, 구룡포 대보면 언덕에 좋은 땅이 났습니다요. 어찌 잡아둘까요?" 그러나 스승은 영 딴전이었다. "아아 내가 언제 그런 말 한 적이 있었던가 이 사람아. 자네 바닷바람에 마신 소주가 좀 과하셨나보구먼그려!"

미당의 또다른 얘기

말년에 서정주 선생은 원고청탁이 들어오면 옛 시를 슬쩍 새 시처럼 베껴서 팔아먹는 특별한 기술이 있었다고 한다. 새 원고지에 만년필로 꾹꾹 눌러 쓴 아직 잉크빛이 선명한 원고를 받아들고 그것이 설마 옛 시일 거라고 의심하는 사람은 아무도 없었다고 한다. 그런데 어느날 그의 시 연구로 박사까지 한 어느 잡지의 편집자이자 문학평론가인 사람에게까지 그 기술을 발휘하셨던 모양이다. "선생님, 저한테까지 이러시면 안됩니다. 이 작품은 이미 반세기 전의 것이 아닙니까?" 그러나 선생의 대답이 걸작이었다. "아아 알고 계셨던가……"

영문학자 P선생의 말에 의하면 D. H. 로렌스도 곤궁했던 한 시절 그의 초고들을 미국의 대학박물관에 팔아먹는 것으로 생계를 유지했다고 하는데 더이상 팔 것이 없자 어디서 낡은 종이들을 구해와 그 위에 새 타이핑을 입혀 아주 오래된 원고처럼 속여 팔아먹었다고 하니 이는 미당과 정반대의 경우이다.

수경 스님, 규현 신부님

3월 말 전북 부안의 해창갯벌을 출발한 수경 스님(55)과 규현 신부(57)의 '새만금 갯벌을 살리기 위한 삼보일배' 행렬이 스무이틀 만에 드디어 충남 천안에 도착한 날 밤이었습니다. 아스팔트 위 천막 속에서 무릎에 가득 찬 관절액을 빼던 수경 스님이 걱정스런 표정의 규현 신부에게 말했습니다. "아이고 형님, 나는 이제 한발짝도 더 이상 못 가겠소. 절은 내 전공인데 내가 먼저 나가떨어져 부렀소. 그리고 내가 처음 이 일을 시작하자고 했을 때 나잇살이나 더 자신 형님이 어이 동생 하면서 이를 말렸어야지 그래 나보다 더 좋아라고 앞장서서 달려들면 어쩐다요?" "내가 말린다고 자네가 듣기나 할 사람인감? 그리고 내 손은 약손인게 이제 곧 시원해질 거여. 서울이 바로 코앞이여. 죽더라도 조계사 문턱을 베고 죽자고. 그래야 자네 부처님께서도 좋아하실 거 아닌가. 자네와 내가 힘을 합치면 못 이룰 게 없어. 이 세상에……"

그날 밤 세찬 빗소리가 밤새도록 아스팔트를 때렸습니다. 이튿날 수경 스님은 정말 감쪽같이 일어나 오체투지

46

를 했습니다. 그리고 아침 햇발 아래 엎드린 규현 신부를
빙그레 돌아보며 말했습니다. "어젯밤 꿈에 형님 어머님
께서 찾아오셔서 네 이놈 중놈, 우리 신부아들 살려내라
고 마구 야단을 치십디다그려! 그래서 내가 벌떡 안 일어
나부렀소."

소

　서남해의 끝 가거도에서는 소들을 모두 방목하고 있었
는데 코뚜레도 없는 소들이 뿔들을 숙이고 산중턱에 흩
어져 풀을 뜯거나 바닷가 바위 곁에서 묵묵히 쉬고 있는
모습은 장관이었다. 송아지 때부터 놓아 길러서 그런지
그 성질들은 한없이 유하지만 강력하기도 해서 그중의
한마리라도 잡을라치면 장정들이 숲속 으슥한 길목에 올
무를 숨겨놓고 몇날 며칠을 기다려야 했다. 찌는 듯한 불
볕 더위가 기승을 부리던 날 등짝에 커다란 쇠도장이 찍
힌 민박집 소를 잡아 후박나무 아래서 온동네 잔치를 한
적이 있는데 맛이 부드러웠다. 바로 그날 밤이었을 것이
다. 마을 뒷숲을 우두두 난타하며 하늘을 가르는 듯한 요
란한 발굽 소리가 들려왔는데 민박집 주인 말에 의하면
그것은 야성의 기운을 참지 못한 소들이 밤새워 하늘을
달리는 소리라고 했다. 그리고 이튿날 새벽에는 진짜로
비가 왔다.

구류

　찌는 듯한 더위 속에서 이문구형과 함께 소독내인지 닭똥내인지가 진동하는 성동서 유치장 생활을 한 적이 있다. 유신 시절 워커힐에서 열리고 있던 세계시인대회를 반대하러 갔다가 즉결에서 각각 구류 14일씩의 처분을 받고서였다. 낮에는 이 사람 저 사람들의 면회에다 그리고 오후마다 한차례씩 불려올라간 정보과장실에서의 은은한 커피 타임과 담배 접대로 시간 가는 줄 모르다가 밤이 되면 스무명이 넘는 비좁은 방에서의 생활이 고역이 아닐 수 없었는데 어쩐 일인지 바로 옆 문구형님의 방에서는 왁자한 웃음소리가 끊이지 않았다. 사연인즉 밤마다 문구형님이 그 검은 장비눈썹을 치켜올리며 이야기 보따리 한개씩을 푼다는 것이었다. 그 솜씨가 대단했던지 같이 사는 구류 동료들은 물론이고 나중에는 경찰관들까지 합세하여 이야기를 숨죽여 듣다간 중간중간에 "아 저런! 아 저런!" 하며 짤막한 탄성들을 내지르곤 하였는데 가관인 것은 아침에 구류 만기로 출소한 실업자 청년이 저녁에 파자마바람으로 다시 들어온 이유가 글쎄 그 소설가 선생에게 반해서였다는 것이다.

시인의 노래

시인 조태일의 노래를 들어본 적이 별로 없을 때였다. 올림픽이 있던 해였던가 그 다음해였던가 어떤 행사인가로 전라도에 갔다가 밤늦게 올라오는 길이었을 것이다. 평소엔 아무리 청해도 끄떡도 하지 않던 조시인이 그날은 무슨 마음이 동했는지 군인처럼 자리에서 벌떡 일어나 한손을 허리에 얹고 창밖을 향해 비스듬히 선 뒤 그 큰 덩치를 앞뒤로 젖히며 "저 달은 알고 있다. 어머님의 얼굴……"을 부르는데 그 모습이 하도 구성져서 좌중이 다 숙연해했다.

사나이들의 바다

태풍에서 풀려난 바다가 제일 먼저 찾는 것은 소주였다. 서남해의 도서들마다 목포에서 들어오는 첫 배를 목이 빠지게 기다렸다가 거룻배를 급히 저어 나온 건장한 어깨들이 들큰한 햇살 속에서 소주 궤짝 척척 부리는 소리 부산하다.

상상

C 선생님 농담 중에 이런 것도 있었다. "나는 정말 중이 싫더라." "왜요?" "그거 할 때 붙잡을 것이 없잖아." 한참을 생각다가 우린 그만 배꼽을 잡고 웃었다. C 선생님 등뒤로 진짜 달이 슬슬 떠오를 것 같은 저녁.

고양이

아파트 앞 네거리에서 고양이 한마리가 횡단보도를 건너는데 어찌나 빠르던지 순식간에 다리가 네개에서 여섯개로 변했다. 속력을 내어 달리던 덤프트럭 기사가 끼이익 아스팔트가 패이도록 브레이크를 밟고는 거친 고개를 빼어 "저런 개새끼가 있나? 확 밟아버릴라!" 어쩌고 하는데 정작 길을 다 건넌 고양이는 청년 기사를 향해 웃음을 한번 씨익 웃고는 유쾌한 수염을 날리며 봄바람 속으로 천천히 사라졌다.

누이들

　저녁 소나기 한줄금 마당을 훑고 지나간 뒤 푸른 이내처럼 산 그림자가 와서 덮었다. 봄 마당을 종종 달려와 오랜만에 잿간 추녀 밑에서 비설거지한 이 댁의 중병아리 따님들이 무슨 무지갯빛 찬란한 꿈들을 꾸는지 고개를 자빠뜨리고 골똘한 생각에 잠겨 있다.

남산 약수

그리운 건 아니지만 지금도 가끔 그 '남산 약수'가 생각난다. 89년 늦가을 황석영 씨 방북기 사건으로 잡혀가 꼬박 십육일을 갇혀 조사받을 때 꺼칠한 아침마다 거창 출신의 그 수수한 수사관이 까치가 방금 찍어먹고 간 샘물이라며 어색한 두터운 손으로 내밀던 플라스틱 물통. 군용 컵에 따라 한잔 마시면 밤새 진술서를 쓰느라 독한 담배연기에 찌든 목구멍은 물론 저 아래 내장까지가 탁 트이며 일거에 시원해지는 느낌이었다. 그리하여 내가 바로 나로, 웬수 같은 수사관들이 다시 수사관으로 보이며 야전침대가 덩그렇게 놓인 조사실의 하루가 막 시작되는 것이었다. 그렇다면 그 약수는 일종의 각성제였나? 그러나 그런 것하고는 상관없이 내가 마신 약수의 맛은 일품이었다. 특히 어느 눈 쌓인 날 새벽 젊은 수사관이 눈 속에 머리를 박고 떠온, 진짜 까치 발자국이 찍힌 그 차가운 초겨울의 물맛은.

씨엔엔

그제는 대통령궁을 경비하고 있던 이라크 공화국수비대 병사들이 새벽에 미군의 기습공격을 받고 무기도 없이 맨손으로 티그리스 강변을 따라 부리나케 도주하고 있는 장면을 비춰주더니 오늘은 아무런 저항도 받지 않은 채 티그리스강 동쪽 알 주메이라 다리를 건넌 미군 브래들리 장갑차 한대가 일년 전 생일 기념으로 세워졌다는, 팔레스타인 호텔 앞 알 피르두스 광장의 거대한 후세인 동상 목에 밧줄을 걸어 쓰러뜨리고 있는 모습을 오래오래 방영하였다. 구경하고 있던 성난 군중들 중 일부는 땅바닥에 떨어진 사담의 목을 끌고 다니며 저주를 퍼붓는가 하면 하늘을 향해 높이 치켜들었던 그의 오른팔을 잘라 무거운 돌로 내리치는 사람도 있었는데 저것이 진정한 해방의 시작이라고 믿는 아랍인은, 세계인은 점령군말고는 아마 아무도 없을 것이다.

바그다드/로이터 뉴시스

바그다드의 한 병원 앞에서 주름이 깊게 파인 노인이
간밤의 미군 공습으로 아들이 숨졌다며 오열하는 사내의
가슴을 끌어안고 있는데 거북등처럼 갈라진 그의 왼손에
서 째깍째깍 시계가 가고 있다. 무쇠의 슬픔의 시간은 12
시 25분.

노 혁명가의 죽음

노 혁명가 김학철 옹은 자신의 죽음이 임박했음을 알자 아들 내외를 앉혀놓고 이렇게 말했다. "나 죽거들랑 부고를 내지 말고 추도식도 하지 말며 여기 적은 열두 사람에게만 알려라. 시신은 불에 태워 가루로 만든 뒤 두만강에 뿌려라. 남은 것이 조금 있거든 골회함 대신 우체국의 종이우편박스를 사서 거기에 담아 '원산 앞바다 행／김학철(홍성걸)의 고향／가족 친우 보내드림'이라고 적은 뒤 강물에 띄워라. 바람이 나를 고향에 데려다줄 것이다. 내 마지막 가는 길에는 조선의용군추도가와 황포군관학교 교가를 불러달라. 내 일생을 통해 가장 경계해온 것이 남에게 쓸데없이 폐를 끼치는 일이요, 다른 하나는 번거로움이니 며느리 너는 나 죽은 날에도 울지 말고 그냥 학교에 가라. 가서 평상시처럼 아이들을 가르쳐라."

위엄있는 삶도 어렵지만 사람이 한명(限命)을 알고 자신의 죽음을 위엄있게 맞기가 쉽지 않거늘, 그러나 선생은 그렇게 했다. 더는 목숨에 연연하지 않겠다며 일체의 병원 치료와 주사를 거부하고 꼬박 스무하루를 굶은 뒤 소년처럼 머리를 면도로 깨끗이 밀고 간호사를 불러 관장하고 중산복으로 갈아입은 다음 남들이 다 잠자는 새벽 두시 반에 조용히 식구들을 깨워 병원으로 갔다. 그리고 평소의 모습처럼 침대에 누워 도란도란 얘기를 하시다가 그만 깜빡 저세상으로 가시었다. 입가엔 행복했던 날 손녀와 함께 짓던 미소 자국이 역력했으며 눈가에선 마지막 매섭고 밝은 빛이 빛났다. 향년 85세. 다음은 항일 전장에서 그가 쓴 시의 한구절이다. "밤소나기 퍼붓는 령마루에서/래일 솟을 태양을 우리는 본다."

오비스 캐빈

　삶은 푸른 콩 안주가 무료로 나오는 화신백화점 뒤 병
맥주집이었다. 오후의 때가 되면 소설가 한남철 선생은
방과 후의 학생들처럼 어린 우리들을 데리고 성큼성큼
그 집으로 갔다. 거리엔 최루탄이 터지고 화신 앞 네거리
에서 안국동 쪽으로 데모대의 거센 물결이 연일 경찰 저
지선을 아슬하게 밀어붙이던 험악한 시절이긴 하였지만
푸른 콩 접시를 사이에 두고 벌어지던 그의 이야기는 늘
구수했고 솜씨는 일품이었다. "야 정환아. 너 머리 좀 안
깎을래? 내가 돈 주까? 그리고 구두는 또 그게 뭐냐? 너
거기다 오바까지 입고 북한산에 갔다며?……" "그리고
거 이형 말이야. 왜 대학원 안 가는 거야? 생활하는 선배
의 말을 왜 안 들어? 삼라만상이 다 가잖아. 그런데 왜 안
가? 그런 사람을 한마디로 뭐라고 그러는 줄 알아? 바-보
라고 해." "신경림 씨 그게 어디 사람 키냐? 불구지. 그러
나 시는 꺽정이처럼 장대해. 못난 놈들은 얼굴만 봐도 흥
겹다/이발소 앞에 서서 참외를 깎고…… 얼마나 절실하
냐? 너희들도 시를 쓰려거든 이 정도는 써야지. 그런데

하형, 하형은 왜 술 안 먹고 안주만 먹어?" 일일이 다 기억할 수 없지만 그가 좋아하던 또 한사람의 시인은 소월이었다. "비가 온다/오누나/오는 비는/올지라도 한 닷새 왔으면 좋지.//여드레 스무날엔/온다고 하고/초하로 삭망(朔望)이면 간다고 했지./가도 가도 왕십리 비가 오네. 야, 이건 또 을마나 슬프냐?" 그러나 그가 더 좋아한 사람은 갈 곳 없는 어린 우리들이었다. 거리엔 최루탄이 펑펑 터지고.

여름

　은어가 익는 철이었을 것이다. 아니다. 수박이 익는 철이었다. 통통하게 알을 밴 섬진강 은어들이 더운 몸을 더 이상은 참을 수가 없어 찬 물을 찾아 상류로 상류로 은빛 등을 파닥이며 거슬러오를 때였다. 그러면 거기 간전면 동방천 아이들이나 마산면 냉천리 아이들은 메기 입을 한 채 바께쓰를 들고 여울에 걸터앉아 한나절이면 수백 마리의 알 밴 은어들을 생으로 훑어가곤 하였으니, 지금와 생각해보면 참으로 끔찍한 일이지만, 그런 밤이면 더운 우리 온몸에서도 마구 수박내가 나고 우리도 하늘의 어딘가를 향해 은하수처럼 끝없이 하얗게 거슬러오르는 꿈을 꾸었다.

송기원의 윗도리

음울한 봄날 아침이었다. 인사동에서 마신 밤샘술을 이기지 못하여 허청이며 낙원동 길을 걷고 있을 때였다. 근처 낙원탕에서 갓 나온 듯한 여인이 목욕 대야를 낀 채 흘깃 나를 돌아본 뒤 청바지에 긴 생머리를 찰랑이며 나비처럼 경쾌하게 앞서가고 있었다. 처음 본 여인이었다. 무심코 따라가보았더니 낙원약국을 돌아 탑골 안으로 쏙 사라졌다. 한참을 망설이다 컴컴한 탑골 문을 열었더니 거기 어둑한 홀을 향해 열어젖힌 안방 벽에 한 낯익은 윗도리가 걸려 활짝 웃고 있었다. 송기원의 것이었다.

뜨거운 새벽

 백병원에 한남철 선생이 입원하고 있을 때였다. 갑자기 바게뜨가 먹고 싶다고 연락이 와서 을지로 입구에서 육가까지 심야의 빵가게를 찾아 헤맨 적이 있다. 빈손으로 돌아와보니 이번엔 깨끗한 대학노트 한권이 필요하다고 했다. 구해다 드렸더니 겉장에 '내 고향 서해바다'라고 적곤 가만히 눈을 감았다. "이형, 이제야말로 진짜 소설을 쓰고 싶어. 아니, 진짜 소설이 무엇인지 알 것만 같아……" 뭉클한 그 무엇이 그의 볼을 타고 흘렀다. 뜨거운 새벽이었다.

통화

"여보세요. 진수가?"
"아따 오래간만이다……"
"몸은 좀 어쩌냐?"
"살 만허구만 이……"*

　사이사이로 저녁을 향해 가던 섬진강물이 쏴아쏴아 밀
려오곤 하였다.

* 부분은 어느 통신업체의 TV 광고에서 인용.

남해

추운 겨울 아침, 숙수(熟手)의 억센 손아귀를 빠져나온 다금바리 한마리가 피 묻은 시멘트 바닥을 쿵쿵 뛰며 처절히 반항하고 있다. 놀란 숙수가 다가가 거대한 아가미에 칼끝을 대자 바다를 가르며 솟구쳐올랐을 격렬한 꼬리지느러미부터 서서히 잠잠해진다.

증언

"그 사람들 죽는다는 것도 모르고 끌려나왔어. 백열등 아래서 어리둥절해 두리번거리던 모습이 선해."라고 박정일(朴政一·62·당시 군목으로 육군 소령) 목사는 말했다. 무엇이 그리 급해 형이 확정된 바로 다음날 새벽 사형을 집행해야 했을까. 4시 30분 아직 잠이 덜 깬 첫번째 사형수가 들어와 여기가 도대체 어디냐고 물었다고 한다. "여기가 어디야? 이게 도대체 무슨 일이야?" 법무관이 빠르게 판결문을 읽고 유언을 물었을 때 황당하다는 표정을 지었다고 한다.

1975년 4월 9일 서울구치소 내 교수대가 설치된 방. 도예종·이수병 씨 등 인혁당 재건위 사건의 여덟 명은 죽음에 대한 아무런 준비도 없이 30분마다 한사람씩 그렇게 갔다. 아무도 자신의 죄를 인정치 않았다고 하며 단 한사람만이 가족을 한번 보고 싶다고 했으며(물론 받아들여지지 않았다.) 나머지 한사람은 담배 한개비를 피우고 싶다고 하여 그렇게 했다고 한다.

소음에 관하여

아 거기 연구원 맞죠? 불안하고 초조해서요. 아침에
일어나면 두피가 부풀어오르고 손과 발바닥이 딱딱하게
갈라지고 겁이 나서 밤운전도 못하겠어요. 아 네. 지하철
5호선을 타고 네, 김포공항 방면요. 화곡역 지나 우장산
역에서 내려 3번 출구로 나오세요. 오른쪽에 케이에프씨
가 보일 겁니다. 네, 네. 거기서 마을버스…… 장사를 해
서 먹고 사는데 도무지 자신이 없고 꼭 굶어죽을 것만 같
아요. 어떻게 하면 마음이 안정될까요? 아니지요. 곧장
가지 마시고 발산초등학교 지나 현대슈퍼 앞에서 내리셔
야죠. 아니 그쪽으로 더 가면 면허시험장이고, 그렇죠,
가던 방향으로 다시 돌아와야죠. 삼년 전에 뇌진탕으로
쓰러졌걸랑요. 병원에서 주는 약을 먹고 나았었는데 이
십분마다 한번씩 화장실에 가야 합니다. 막상 가면 오줌
한방울 나오지 않고 변비는 또 말도 못하게 심해요. 네,
거기 오른쪽으로 테니스코트가 보일 겁니다. 그 코트를
끼고 직진하시면 보라색 가건물, 네 네. 선생님, 어떻게
하면 웃을 수 있나요? 환하게 웃는 얼굴이 저는 세상에서

제일 부러워요. 어떻게 하면 웃을 수 있지요? 아니, 너무 지나쳐버렸습니다. 다시 내려오세요. 아 거기 연구원 맞죠? 불안하고 초조해서요. 밤에 도무지 잠을 이룰 수가 없거든요.

엄연한 봄날

긴 겨울 지나고 나자 마을 밖 외진 애장터에도 미소처
럼 연한 풀잎이 돋았다
여기도 하나의 무덤이란 듯이, 생명이란 듯이

아름다운 결정전

　브라질과 독일의 월드컵 결승전이 있기 두시간 전 히말라야 산기슭의 팀푸 축구경기장에서는 네덜란드의 한 필름업체의 주관으로 세계 랭킹 202위인 부탄과 203위로 최하위인 몬세라트와의 진짜 꼴찌 결정전이 열렸는데 4:0 홈팀의 압승으로 끝난 이날의 경기 내용보다는 언덕 위 철조망 주변에 모여들어 팔짱을 끼고 응원하던 젊은 승려들의 가지런한 미소와 한쪽 뺨에 발그레한 부탄 국기를 페인팅한 채 수줍어하던 소녀들의 모습이 더 인상적이었습니다. 그리고 경기 내내 심판의 호루라기 소리에도 아랑곳없이 부탄 진영을 마음껏 뛰어다니며 즐거워하던 어느 순한 개의 모습도.

집지킴이

어렸을 적 석양녘이었다. 따스한 참새들의 알을 꼭 한 알만 얻겠다고 가만가만 새들이를 타고 올라간 여동생이 두근거리는 가슴을 누르며 처마밑에 막 손을 집어넣었을 때였다. 콩닥거리는 참새들의 알 대신 차고 미끄러운 것이 쓰윽 고개를 내밀고 나왔다. 굵고 긴 구렁이였다.

이야기

1960년대의 어느 여름날이었다. 기차가 임실 근처의 푸른 들판을 가르고 나아갈 때였다. 맞은편 좌석에서 한 노인이 일어서며 말했다. "참 풍광 좋은 마을이로고. 수많은 인재가 날 수다." 언뜻 보니 우람한 느티나무 아래 흰옷 입은 사람들이 새처럼 희끗희끗 쉬고 있었다.

태풍 '간무리'가 지나간 뒤 어느 아름다운 석양녘이었다. 초로의 신사 하나가 소년을 데리고 여행중이었다. 열차가 임실역을 지날 때 신사는 창밖을 향해 고개를 길게 빼고 말했다. "여기는 참 풍광 좋은 땅이란다. 한때는 수많은 인재가 났지. 그러나 마을도 느티나무도 다 사라지고 없단다. 지난 세월에. 우리는 지금 아무도 아무도 없는 벌판을 달리고 있는 셈이지. 이 기차처럼." 갑자기 목이 메이면서 신사는 그때 그 흰옷 입은 노인이 한없이 그리워졌다.

편안한 밤

    은은한 빗속에서 진행된 공화국 만찬은 즐거웠다. 우리는 밤의 운무가 자욱한 금강산 자락을 굽어보며 해금강에서 갓 잡아올렸다는 조개구이 안주에 독한 평양소주를 마셨다. "시인 선생, 이 금강산 더덕 맛 좀 보시라요. 아주 상큼합네다." "선생은 어느 분야에서 일하십니까?" "문예총 창작지도괍니다." "기럼 여기 있는 우리 모두를 지도하시갔네요." "농담 마시라요. 참 이분은 그 유명한 림꺽정 역을 열연한 인민배우 최선생이십니다. 인사하시라요." "야 리시영 동무, 평양 우리집에 인차 한번 놀러오라우. 아주 호화주택이다우. 그리고 사진 나오면 꼭 부치라우."
    성긴 빗방울이 식탁 위에 듣고 공화국 만찬은 끝났다. 우리는 어둑한 현관에서 서로를 한번 포옹하고는 숲길을 조금 걸어내려왔다. 올 때처럼 낯익은 서체의 구호가 우리를 다시 맞았다. "가는 길은 험난해도 웃으며 가자." 숲도 나도 오랜만에 편안한 밤이었다.

히말라야

라다크에서 어느 할아버지는 다람쥐처럼 조르르 지붕에 올라가 비 새는 곳을 수선하고는 눈 깜짝할 사이에 사다리를 타고 내려와 집 앞 흔들의자에 앉아 소년처럼 잠시 붉은 얼굴로 타는 노을을 바라보다 그만 저세상으로 가시었다. 사람의 삶이 아직 광활한 자연의 일부였을 때.

축 소풍

지리한 개막식이 끝나고 휴양소 옆 적송 그늘로 자리를 옮겨 평양에서 준비해온 도시락 보자기를 막 펼쳐들 때였습니다. "나의 살던 고향은 꽃피는 산골. 복숭아꽃 살구꽃 아기진달래……" 어디서 갑자기 맑고 높은 합창 소리가 들려와 돌아보니 바로 옆 그늘의 남에서 온 파르라한 스님 세 분과 애띤 수녀 두 분이 내는 소리였습니다. 우리는 룡성맥주잔을 높이 들어 그분들의 오랜만의 통일 소풍을 마음껏 축하해드렸습니다.

비유의 시

횟집 주인은 일부러 수족관에 상어를 밀어넣는다

다른 고기들이 살해의 위협 속에서 자신의 죽음을 성찰할 수 있도록.

우리나라 동해 인근에도 제국의 전함은 유유히 떠 있을 것이다

약소국들이 살해의 위협 속에서 늘 자신을 성찰할 수 있도록.

차부에서

중학교 일학년 때였다. 차부(車部)에서였다. 책상 위의
잉크병을 엎질러 머리를 짧게 올려친 젊은 매표원한테
거친 큰소리로 야단을 맞고 있었는데 누가 곰 같은 큰손
으로 다가와 가만히 어깨를 짚었다. 아버지였다.

장외(場外)

　통일을 염원하는 함성이 천지를 진동하는 바로 그 순간에도 김정숙휴양소 건너편 비탈진 밭에서는 작은 감자알들이 땡볕 아래 탱탱히 익어가고 있었고 무엇보다도 온정리에 사는 할아버지 한분이 선량한 눈의 염소 세 마리를 몰고 기차가 오지 않는 고난의 철둑길을 천천히 걷고 있었다.

제2부

성장

　바다가 가까워지자 어린 강물은 엄마 손을 더욱 꼭 그러쥔 채 놓지 않았습니다. 그러다가 그만 거대한 파도의 뱃속으로 뛰어드는 꿈을 꾸다 엄마 손을 아득히 놓치고 말았습니다. 그래 잘 가거라 내 아들아. 이제부터는 크고 다른 삶을 살아야 된단다. 엄마 강물은 새벽 강에 시린 몸을 한번 뒤채고는 오리처럼 곧 순한 머리를 돌려 반짝이는 은어들의 길을 따라 산골로 조용히 돌아왔습니다.

성묘

막내야 네가 제일이다
꺼칠한 턱수염의 아버지가 일어나 조용히 나를 맞는다

상봉

아직 이른 봄 상여 한채가 조용한 미소로 고향 산천을
찾아드니
어여 오게 어여 와 제일 먼저 반색을 하고 달려나오는
외로운 무덤이 있다

설날 아침

겨울 강 물살 위에 오리 한마리 없다
목이 흰 고니 한마리 없다
저 건너 당인리 발전소만이 나와 함께 유구하게 서서
건들거리며 머리 위로 힘찬 연기 날리고 있다

80년대

아따 말이시, 고것이 말이시, 팔뚝만한 것이 내 어깨를 툭 치고 가드만. 고것이 말이시. 말끝마다 송기숙 선생은 말이시를 덧붙였는데 가르릉거리며 오토바이 시동 거는 그 소리를 우리는 일찍이 광주방송이라 불렀다.

복구

아침밥 먹을 때 남우세스럽게 제발 따라오지 말라고 그렇게 일렀는데도 어느새 개울 건너 학교까지 따라와 하루종일 철봉대 아래서 일학년처럼 놀던 복구.

너 이새끼, 다시는 너하고 노나봐라. 하학길 뱃구레를 건어찬 뒤 뒤도 안 돌아보고 자운영 풀밭을 가로질러 쏜살같이 집으로 달려왔는데도 어느새 마루 밑에서 살살 꼬리 흔들며 웃던 샐쭉한 복구.

도라산역

　조지 부시가 '서울 56km, 평양 205km'라 씌인 도라산
역 이정표 앞에서 경의선 복원 철도 침목에 서명하는 것
을 보자 평양까지 확 가버리고 싶은 것 있지. 14km만 더
북으로 연결하면 되는데 말이야. 그날 역 구내에 멈춰 선
대통령 전용열차를 타고 14km를 훌쩍 건너뛰어 부시더
러 보란듯이, 세계의 자랑스럽고 오만한 악의 화신들더
러 보란듯이 장단역과 개성역을 통과하여 눈 깜짝할 사
이에 금천 평산 남천 서흥 사리원 황주를 거쳐 중화에서
점심 먹고 담배 한대 피우고 나서 미끄러지듯 평양성에
입성하는 거지 뭐. 저물녘 천천히 보통문 거리를 걷거나
창광거리 어디에서 고(故) 이용악 동무를 만나 틉틉한 막
걸리 한잔. 취한 김에 열차를 마구 달려 안주 박천 정주
선천을 지나 단숨에 신의주 단둥까지. 거기서 TCR(중국
경유철도)을 타면 유유한 아무르 강을 건너 멀리 이르꾸
쯔끄까지 갈 수 있지만 오늘은 우선 거기까지만. 도라산
역으로 다시 돌아와 남과 북의 모든 철책선을 걷어내고
지뢰를 제거한 뒤 침목을 새로 놓아야 하니까. 그러면 혹

이런 일이 있을지도 몰라. 반도의 아랫녘에 푸른 모내기가 시작될 무렵, 도라산역을 빠르게 스쳐가는 열차 중의 한칸에 검은 썬글라스를 낀 김정일 국방위원장 동무가 앉아 있을지도. 그렇다면 그렇다면 한반도에 이제 막 새바람이 부는 거지 뭘. 방금 평양발 특급열차가 후끈한 열기를 뿜고 가 초여름 더위 더욱 물씬한 도라산역은 말할 것도 없이.

삶

새벽녘 대문을 활짝 열어젖힌 추탕집 펄펄 끓는 가마
곁에서 플라스틱 수조 얕은 물을 튀기며 미꾸라지들이
아주 순하게 놀고 있다.

SK 주유소

　담배장수가 곱은 손 불며 울며 넘던 베틀재 고개에 SK
주유소가 들어서 있다. 노오란 봄볕 속에서 열무를 다듬
던 주인여자가 어색한 모자를 쓰고 나와 물 묻은 손으로
검은 기름을 넣는데 그 아래 봄갈이하던 유묵쟁이 논이
에스케이 에스케이를 발음해보며 배시시 웃는다. 오늘도
씽씽 쏘나타들 속에서 똥거름 가득 실은 경운기 툴툴거
리며 넘는 섬진강변의 작은 베틀재 고개.

염소

　전라남도 구례군 토지면 용두리 무덤 곁의 그 새끼염
소는 잘 있는지 몰라. 어미 곁에서 떨어져나와 매애거리
며 처음 보는 사람에게도 마구 코를 부비며 달려들던 서
글한 눈의.

지상의 방 한칸

  신림 7동, 난곡 아랫마을에 산 적이 있지. 대림동에서 내려 트럭을 타고 갔던가, 변전소 같은 버스를 타고 갔던가. 먼지 자욱한 길가에 루핑을 이고 엎드린 한칸 방. 누나와 조카 둘과 나의 보금자리였지. 여름밤이면 집 앞 실개천으로 윗마을 돈사의 돼지똥들이 향기롭게 떠가는 것을 보며 수제비를 먹었지. 찌는 듯한 더위에 못 이겨 야산에 오르면 시골처럼 캄캄하던 동네. 개천 건너 그 동물병원 같은 보건소는 잘 있는지 몰라. 눈이 크다란 간호원에게 매일 아침 붉은 엉덩이를 내리고 스트렙토마이신을 한대씩 맞고 다녔지. 학교가 너무 멀어 오전 수업을 늘 빼먹어야 했던 집. 아니 결핵을 앓던 나를 따스히 보살펴주던 집. 겨울이면 루핑이 심하게 울어 조카의 어린 몸을 난로처럼 안고 자던 방. 아니 봄을 기다리던 누님과 나의 지상의 좁은 방 한칸.

이븐 바투타 여행기에서

서력 1326년 금식월 9일에 여행가 이븐 바투타는 알라의 지상낙원인 다마스쿠스에 도착하였다. 다음은 그 여행기의 일절로서 수려하기 그지없는 역문(譯文)에 내가 적당히 첨삭하였다. "형제여!"라는 말이 너무 좋았기 때문이다.

내가 다마스쿠스에 도착하자마자 나와 말리키야파 교사 누룻 딘 앗 싸카위 사이에는 은연중 교분이 생겼다. 그는 나더러 금식월 기간에는 밤 개재식을 꼭 함께 하자고 했다. 그래서 나흘밤을 그와 함께 보냈다. 그런데 내가 그만 열병에 걸려 더이상 갈 수가 없었다. 그가 사람을 보내왔기에 병 때문에 갈 수 없다고 고사했지만 막무가내여서 할 수 없이 그에게로 갔다. 거기서 하룻밤을 묵고 다음날 떠나려고 하니 그는 나를 만류하면서, "나의 집을 당신의 집이나 당신 아버지나 형제의 집으로 생각하시오"라는 정어린 말을 하는 것이었다. 그러곤 의사를 청해와 진찰을 시키고 자기 집에서 친히 의사가 처방한 약을 제조하고 음식을 만들어주었다. 이렇게 이럭저럭 그의 집에서 피트르절(개재절)까지 머물렀다. 거기서 명절 예배까지 참석하고 나니 알라의 가호로 병은 말끔히 나았다. 그때 나의 노자는 이미 다 떨어졌다. 그것을 안 그는 나를 위해 낙타 한마리를 고용하고 식량 따위도 마련하였을 뿐만 아니라, 상당한 금화(dinàr)도 쥐어주었다. "유용할 때가 있을 터이니 받아두게. 형제여!"*

이슬람력 726년 10월(1326) 이븐 바투타는 히자즈행 성지 순례단 일행에 끼여 다마스쿠스를 떠났다.

* 이븐 바투타 『이븐 바투타 여행기 1』(정수일 역주, 창작과비평사 2001) 161~62면.

대추

　쭈글쭈글하게 잘 늙은 경북 경산의 햇대추가 한됫박에 사천원씩 불티나게 팔려나가고 있는데 새벽차로 올라오시느라 그러셨는지 가지런한 이마에 찬 이슬들이 함초롬하시다.

나를 그리다

욕망이 그리다 만, 결코 실현된 적 없는 긴 미소 자국. 그 아래 굳게 다문 입. 입가에 알 듯 모를 듯 깊게 파인 주름. 언제나 인색했지만 화낼 때에는 더욱 좁혀져 볼품없었던 양미간. 의심은 많았으나 때론 가득한 열정으로 불타올랐던 두 눈. 그때나 이때나 축구장처럼 넓고 시원한 이마. 그리고 바람에 갈기 날리던 머리. 한번도 주먹에 으스러져본 적 없는 강한 턱. 그러나 오늘은 죽음이 두려운, 미래의 불안한 검은 눈동자. 늘 커서가 깜박거리는 신중한 이마. 지나치게 겸손하고 가지런한 손. 너무 많은 의무와 부양으로 팍 처진 어깨. 둥근 공처럼 굽은 등. 개미처럼 잘록한 허리. 바닷가를 어깃거리는 가느다랗고 불쌍한 긴 다리. 아니 어느 욕망이 낳은 욕망. 그리다 만, 결코 실현되어본 적 없는 긴 미소.

꿈

돌아가시기 전 어머니는 가쁜 숨을 몰아쉬며 내게 말
했다
바다 건너 서양나라에 가 부잣집 딸로 다시 태어나고
싶다고
그래서 공부 많이 한 학생이 되고 싶다고

칠년이 지나도 그 말이 가슴에 걸려 넘어가지 않는다
어머니는 30년대 이 땅의 가난한 방직여공이셨다

조개의 죽음

　겨울 아침, 커다란 제주홍합이 횟집 사내의 거친 얼굴
에 와락 바다의 붉은 속살을 토해놓곤 천천히 입을 다문
다.

어느 삶

영하 18도의 아침, 동태장수 아저씨가 좁다란 홍천식
당 앞에 타이탄을 바짝 붙여놓고 눈알이 꽝꽝 얼어붙은
동해산(産) 동태를 내려치는데 아저씨의 팔뚝에서 도마
에서 쉿쉿 뜨거운 파란 불꽃이 인다.

신두리 풍경

쇠똥구리가 쇠똥 속에서 깨어나 몇번 머리를 부딪다가
바르르 날개를 떨며 날아간 곳은 역시 쇠똥밭, 누가 가르
쳐주지 않아도 익숙한 동작으로 쇠똥을 뭉쳐 집으로 돌
아오는데 바지런한 톱니 앞발로 경단 위에 올라서서 우
주를 굴리는 솜씨가 천하일품, 작년의 그 어미가 따로 없
었다.

비상

녹음 속에서도 까치들은 힘차게 날아올랐다
작년에 헐벗은 겨울을 난 새들이다

십이월

비바람 속에서 까치집 하나가 필사적으로 매달리고 있
다
안에는 따스한 생명들이 가득하다

십일월

누가 마당을 쓸고 있다
낙엽 흩날리고 날은 벌써 저무는데
바람 속에서 누가 자꾸 마당을 쓸고 있다

저녁 한때

밀잠자리떼가 시속 백이십킬로로 무서운 소나기 속을 질주해 와 사뿐히 추녀 끝에 앉는데 두 날개가 보송보송 파르스름하다.

기억

인사동 처마끝에 낙숫물 듣는 소리
방금 비둘기가 앉았다 날아간 자리가 파르르 젖는다

소새끼 낳은 날

개구리 울음소리가 요란한 밤, 백열등 아래서 소들이 연이어 송아지를 낳았다. 그중 예정일을 보름이나 앞당겨 첫배를 낳은 어미소가 제일로 고생을 하였는데 바짝 추켜올라간 소 꼬리 곁에서 송아지를 받아낸 윤진이 아버지도 땀을 뻘뻘 흘리며 소만큼 고생을 하였다. 그런데 이게 어찌된 일인가! 간신히 받아내어 옆으로 눕혀놓은 송아지가 부드러운 수건으로 털을 다 닦아주어도 사람 눈만 말똥말똥히 쳐다볼 뿐 영 일어날 생각을 하지 않는다. 어미소는 제 새끼인 줄도 모르고 무심히 크단 눈만 끔벅이고.

다 새벽이 되어 윤진이 아버지가 그 가련한 짐승을 일으켜세워 어미젖 있는 데로 데려가자 이번에는 어미소가 뒷발질을 해대어 볼을 많이 얻어맞았다. "이 송아지 젖을 못 얻어먹어서 죽겠네그려!" 어미에게 맞은 볼이 아픈지 어미젖 앞에서 자꾸만 고개를 뻗대는 어린 송아지를 안고 나오며 윤진이 아버지가 중얼거렸다.

밖은 벌써 찬란한 아침이었다.

출근길에

저 지팡이를 짚고 하염없이 언덕길을 오르시는 할아버지!

수많은 낮과 밤을 지나 어두운 성(聖)과 속(俗)의 그늘을 지나

이 아침에 조용히 돌아온 듯하다.

상행열차

60년대의 전라선 상행열차는 칸마다 아직 덜 자란 어
린 딸들을 태워놓고 측백나무 울타리가에서 돌아서며 눈
물짓던 우리 어머니들의 슬픈 사연을 알아 산모랭이를
돌 때마다 긴 기적소리를 남겼습니다.

채밀(採蜜)

벌 한마리가 앵앵거리며 날아가 꽃술 속에 박힌 채
한나절이 지나도 나올 줄 모른다
바람이 건듯 불며 지나가고
우주의 어떤 미소 자국이 그 자리에 오래 남는다

작별

　민들레는 마지막으로 자기의 가장 아끼던 씨앗을 바람에게 건네주며

　아주 멀리 데려가 단단한 땅에 심어달라고 부탁했습니다.

노래

　지금도 눈감으면 환히 살아난다. 적막한 여름 들판에 천둥 벽력처럼 울려퍼지던 간동양반의 판소리 쑥대머리 구신 형용(아마 임방울의 것이렷다!) 그 소리가 들리자마자 바로 옆에서 쏘내기를 맞은 듯 논일꾼들의 손이 빨라지고 매미소리가 다시 들리기 시작하고 봇도랑에서 게를 낚던 형원이 아재의 한쪽 어깨가 더욱 조심스러워지고 무엇보다 아득한 곳에 엎드려 목화밭 매던 아낙들의 흰 수건이 눈부신 햇빛 속에 펄럭이던 것을.

　지금도 눈감으면 생각난다. 여름 한낮의 잠자던 모든 것들을 깨워놓고 그 자신은 아무 일 없었다는 듯 다시 엎드려 묵묵히 논 매던 간동양반의 그 싱긋 웃던 한쪽 볼의 웃음이.

고향 생각

봄이 오면
자운영 장다리 꽃피고
탱자꽃 바람에 흩날리는
그런 고향 다시는 없으리

성장

  나 이제는 닭의 새끼가 되어 엄마 품에서 새끈새끈 잠
들었다가
  날 밝으면 온 마당을 노란 부리로 마구 짓찧으며 다니
리

잠들기 전에

　내 영혼은 오늘도 꽁무니에 반딧불이를 켜고 시골집으로 갔다가 밤새워 맑은 이슬이 되어 토란잎 위를 구르다가 햇볕 쨍쨍한 날 깜장고무신을 타고 신나게 봇도랑을 따라 흐르다가 이제는 의젓한 중학생이 되어 기나긴 목화밭 길을 걷다가 느닷없이 출근했다가 아몬드에서 한잔하다가 밤늦은 시간 가로수 긴 그림자를 넘어 언덕길을 오르다가 다시 출근했다가 이번에는 본 적 없는 어느 광막한 호숫가에 이르러 꽁무니의 반딧불이도 끄고 다소간의 눈물 흘리다.

이 세계

주 예수 크라이스트가 이 세상에 오신 날
한 사내가 진도빌딩 17층 꼭대기에 매달려
물걸레로 유리창을 북북 닦고 있는데
지상에 그를 팽팽히 묶고 있는 밧줄을
행인들이 무심히 툭툭 치며 지난다

가로등

밤늦은 시간 누가 홀로 공원을 가로지른다
어렵게 한 세계를 놓고 떠나는 자의 그림자가
뒤에서 한없이 자유롭다

검은 운명

정돈을 끝낸 차들이 깨끗이 쉬고 있다
밤 열두시 아파트 한마당 가득
쏘나타는 쏘나타의 꿈을 안은 채
크레도스는 크레도스의 희망을 품은 채
BMW는 BMW의 무적의 자랑을 안은 채
내일 아침 총알처럼 뛰쳐나갈 운명을 예감하며
날렵한 엉덩이를 슬쩍 들고
세상에서 가장 부드럽게 잠들어 있다

조조정진(早朝精進)

붉은 감 한알에도 부처가 들어 계시는지
가을 아침 절 뒷마당에서 까치 제자가
꾸뻑 절하고 맹렬히 쪼으신다

맺힘

겨울이 깊어가자 라일락나무에 다시 꽃망울이 돋았다
거리엔 바람 불고 하늘은 푸른데
세상의 모든 아픈 것들은 저렇게 오는가

또 소새끼 난 날

다저녁때 다리가 아픈 소가 꼬리를 추켜세우고 눈물을 흘리며 송아지를 낳았는데 수송아지였다. 눈감은 송아지가 어미소 곁에서 자꾸 일어서려고 하는데 픽픽 쓰러지곤 하였다. 자세히 다가가 보니 어미소를 닮아 앞발을 잘 쓰지 못했다.

늦가을

헛간에 좀 늦게 들어온 호박이 쭈뼛거리다가 얼굴에 곧 환한 미소를 띠며 서로에게 등을 기대고 앉아 긴 얘기를 시작합니다.

싹이 트던 봄날부터 무서리 내린 지난 가을까지를.

철거

오늘 아침 또 한식구가 집을 비우고 떠났는데
마당을 깨끗이 쓸어놓고 갔다
대빗자루 자국 선명한 그 위로
오늘은 어떤 햇살도 내리지 말거라

석양

　길 하나가 산꼭대기를 향해 달리다가 꼬리를 슬쩍 들
어본다
　그 길을 다람쥐 한쌍이 바지런히 걷고 있다

저녁 산길

길 하나가 산꼭대기를 향해 쭉 뻗어 있다
저 길을 누가 부랴부랴 갔을 것 같다

타작 후

함지박의 콩들이 샛노란 눈들을 뜨고
어서 빨리 다른 세상을 구경하고 싶다고
함지박 안에서 콩콩 뛰는 소리 들리고,
주인은 낮잠 자고 도리깨는 서서 자고,
기러기는 기럭기럭 서(西)으로 날고,
함지박의 콩들이 어서 빨리 바깥세상으로 나가고 싶다고
노란 이마로 함지박을 마구 들이받는 소리 들리고,

형제

도리깨를 사정없이 맞고 나온 콩꼬투리 속의 작은 콩
알들이
　해질녘 울타리가에 어둑하니 모여서는
　울상인 서로의 얼굴들을 본다

저 50년대!

전라남도 순천시 순천역 앞 광장. 기차에서 부린 석탄
가루를 져나르던 새까맣고 불쌍한 조랑말이 생각난다.
서정춘형 말에 따르면 정춘형은 어느해 겨울밤 그 자그
마한 조랑말과 함께 더운 김을 뿜으며 무슨 일인가로 학
재 너머 구례장터에까지 왔었다고 한다.

바다의 시위

꼬막들이 반찬가게에 와서까지 입을 꼬옥 다물고
푸른 바다를 토해내고 있다

상품, 상품

　이마에 시건방이 올라앉은 자칭 미 파이낸셜보험 한국
지사 프리랜서 오성호 씨는 오늘도 여의도 시티라이프빌
딩 1층 커피숍에 앉아 한손으로는 바닐라 아이스크림을
들고 한손으로는 삼성노트북 센스를 클릭해가며 열아홉
살 최정희 양을 상대로 암보험상품을 판매중이신데,

　당신은 오늘 너무 운이 좋은 것이다. 월 4만원씩을 불
입하고 일단 나의 고객이 되는 순간부터 당신의 미래에
대한 모든 걱정과 불안은 사라지는 것이다. 앞으로 결혼,
출산, 육아, 교육은 물론이고 장년 노년에 이르기까지 평
생 동안 내가 당신의 위기의 일생을 관리해주겠으며 암
으로 인한 사후 3일 안에 1억원을 즉각 당신 가족에게 지
급하겠다. 국내 보험회사들과 우리가 차원이 다르다고
하는 것은 그 신뢰성과 애프터써비스의 수준을 가리키는
말인데 우리는 우리의 고객들을 요람에서 무덤까지 절
대 놓친 적이 없이 가장 편안하고 확실하게 모신다는 점
이다. 자, 여기 전세계에 걸쳐 있는 (이건 비밀입니다만)
우리 고객들의 명단을 보세요. 힐러리 옆에 클린턴도 있

지요?

이마에 아직도 시건방이 가시지 않은 자칭 미 파이낸셜보험 한국지사 프리랜서 오성호 씨는 이제 다 녹은 아이스크림을 입으로 가져가며 노을처럼 알 수 없는 엷은 미소를 띠며.

은행나무 아래서

낙엽 저 순명을 다한 것들의 사뿐한 낙하!
나는 지구의 중심을 새로이 걷는다

자유

비둘기들이 날다가 종종거리다가 날다가 종종거리
다가
하루종일 유엔사 공동경비구역을 벗어나지 않는다

겨울 속의 봄 이야기

용산구 산천동 산천아파트 재개발공사 현장
아침 햇살 아래 새끼 고양이 여섯 마리를 고스란히 낳
아놓고
어미 고양이가 먼저 저세상으로 갔다
그의 찬란한 죽음에 영광 있어라

좋은 기쁜 날

아침부터 까치 한쌍이 머리 위의 온 하늘을 가르며 쨍고 까불고,

생각느니 내게도 저리 기쁜 날이 있었던가

가을

송아지가 볼이 미어져라 상큼한 햇짚을 넣고 씹는다
어미소가 이윽히 보다가
저도 모르게 한번 헤벌쭉 웃는다

여덟살 적

어느 별에서 헤매이다
너는 왜 내게로 왔니?
딸아이가 땀내나는 내 손을 꼬옥 잡고
대모산을 오른다
한때는 신들의 영험한 산이었던

시인의 말

1부는 비교적 최근에 쓴 산문시들로, 2부는 지난번 시집 이후 간간이 쓴 짧은 시들로 엮었다. 시집의 제목은 「푸른 제복」의 한구절에서 따왔다.

아프지 말아야겠거니와 앞으로는 제발 내 시에서 은빛 찬란한 호각소리가 들렸으면 좋겠다. 그리고 옛집에 들러 이렇게 오롯이 새 시집을 엮어내는 기쁨이 크다. 저 젊은 동료들 틈 어딘가에 어수룩한 내가 아직 앉아 있는 것 같다.

2003년 가을

이시영

창비시선 230

은빛 호각

초판 1쇄 발행 / 2003년 11월 20일
초판 7쇄 발행 / 2025년 4월 28일

지은이 / 이시영
펴낸이 / 염종선
편집 / 고형렬 김정혜 문경미 안병률
펴낸곳 / (주)창비
등록 / 1986년 8월 5일 제85호
주소 / 10881 경기도 파주시 회동길 184
전화 / 031-955-3333
팩시밀리 / 영업 031-955-3399 편집 031-955-3400
홈페이지 / www.changbi.com
전자우편 / lit@changbi.com